Hector Jonathan Crémieux, Ludovic Halévi

La chanson de Fortunio

Opéra comique en un acte

Anatiposi

Hector Jonathan Crémieux, Ludovic Halévi

La chanson de Fortunio

Opéra comique en un acte

Réimpression inchangée de l'édition originale de 1868.

1ère édition 2023 | ISBN: 978-3-38220-344-3

Anatiposi Verlag est une marque de Outlook Verlagsgesellschaft mbH.

Verlag (Éditeur): Outlook Verlag GmbH, Zeilweg 44, 60439 Frankfurt, Deutschland
Vertretungsberechtigt (Représentant autorisé): E. Roepke, Zeilweg 44, 60439 Frankfurt, Deutschland
Druck (Imprimerie): Books on Demand GmbH, In de Tarpen 42, 22848 Norderstedt, Deutschland

LA

CHANSON DE FORTUNIO

OPÉRA-COMIQUE

Représenté pour la première fois à Paris, sur le théâtre des Bouffes-Parisiens,
le 5 janvier 1861.

POISSY. — TYP. ET STÉR. DE AUG. BOURET.

LA CHANSON

DE

FORTUNIO

OPÉRA-COMIQUE EN UN ACTE

PAR

HECTOR CRÉMIEUX ET LUDOVIC HALÉVY

MUSIQUE DE

JACQUES OFFENBACH

NOUVELLE ÉDITION

PARIS

MICHEL LÉVY FRÈRES, LIBRAIRES ÉDITEURS

RUE VIVIENNE, 2 BIS, ET BOULEVARD DES ITALIENS, 15

A LA LIBRAIRIE NOUVELLE

—

1868

76188

A MONSIEUR PAUL DE MUSSET

Qui a bien voulu nous permettre d'encadrer dans ce scenario l'immortelle chanson du poëte,

HECTOR CRÉMIEUX et LUDOVIC HALÉVY.

PERSONNAGES

MAITRE FORTUNIO	MM. Désiré.
FRIQUET	· Bache.
VALENTIN	Mmes Pfotzer.
LAURETTE	Chabert.
BABET	Baudoin.
GUILLAUME	Rose Deschamps.
LANDRY	Taffanel.
SATURNIN	Nordi.
SYLVAIN	Lécuyer.
QUATRE GRISETTES.	

La scène se passe en 17..

S'adresser, pour les parties d'orchestre, à M. Maurand, copiste, aux Bouffes-Parisiens.

LA

CHANSON DE FORTUNIO

Un jardin. — A gauche, un pavillon en pan coupé, avec perron et balcon. — A droite, la grille d'entrée.

SCÈNE PREMIÈRE

MAITRE FORTUNIO, seul au parterre, à droite; il compte les roses de ses rosiers.

Deux... quatre... six... huit... dix roses de moins à mes rosiers, et un bouquet de plus sur la fenêtre de ma femme... Très-bien!... (Il inspecte les allées.) Un... deux... trois... quatre... cinq... cinq pas en avant, cinq pas en arrière, dans cette allée que j'ai ratissée moi-même hier !... Piétinement à la même place dans la plate-bande..., impatience !... inquiétude !... Ici, les traces sont plus profondes !... attente ! .. rêverie !... Il y a un amoureux !... jour de Dieu !... soyons calme !... Très-bien !... (Il descend vers le public.) Il était une fois un garçon de quinze ans, beau comme les amours, amoureux comme le printemps !... et sacripant à dire d'expert !... Ce garçon, c'était moi, oui mesdames, c'était moi. Il y a trente-cinq ans de cela ! J'étais second clerc de maître André, le notaire, et sa femme m'appelait son petit Fortunio. — Rien ne me résistait, grâce à mon talisman, une chanson qui me fit aimer d'elle... et de bien d'autres et qui devint célèbre dans son temps. (Fredonnant.)

Si vous croyez que je vais dire...

Malheureux! si on m'entendait ! aujourd'hui, hélas! le clerc mignon est devenu gros notaire ! mais Dieu merci! la chanson est oubliée de tous, et je n'entends pas qu'on marche dans mes plates-bandes, je prétends n'avoir acquis que l'étude de maître A dré, sans ses dépendances, et saurai bien me soustraire à la loi du tabellion... comme disent les mauvais plaisants... (Montrant l'allée.) Ces pas sont des pas de clerc!... je ne m'y trompe pas!... j'ai l'œil sur les miens! sur un particulièrement!... le second, monsieur Valentin!... Voici ma femme!... jour de Dieu! soyons calme!... Très-bien!

SCÈNE II

FORTUNIO, LAURETTE.

FORTUNIO.

Vous sortez, madame?

LAURETTE.

Oui, monsieur, je vais chez ma cousine Madeleine qui est souffrante.

FORTUNIO.

Je vais chez maître Mathieu, mon confrère. Accepterez-vous mon bras? nous ferons le chemin de compagnie.

LAURETTE.

Avec plaisir, monsieur.

FORTUNIO.

Vous me comblez, madame.

LAURETTE.

Vous n'avez jamais été si aimable...

FORTUNIO.

Vous n'avez jamais été si charmante...

LAURETTE.

Oh! oh! voici une galanterie qui m'inquiète... vous allez me faire une scène...

FORTUNIO.

Moi, une scène?... Et pourquoi une scène?

LAURETTE.

Le sais-je? vous ne vous en faites pas faute, et...

FORTUNIO.

Mais, enfin, qui a parlé de scène?... ce n'est pas moi... c'est vous... une scène!... une scène!... si vous craignez que je vous fasse une scène, c'est donc que vous en méritez une?...

LAURETTE.

Moi?... Hélas! monsieur, depuis un an que nous sommes mariés, vous vous êtes fait un devoir de me quereller chaque jour, et c'est vraiment le seul de vos devoirs d'époux, auquel vous ne manquiez jamais...

FORTUNIO.

Jour de Dieu! madame! (A part). Soyons calme! (Haut.) Très-bien!... Raillez-moi... essayez de me faire passer à mes propres yeux pour un mari jaloux... et inutile.

LAURETTE.

Vous vous chargez bien vous-même de la chose, monsieur...

FORTUNIO.

Je connais ce procédé féminin, madame, qui consiste à accuser pour ne pas se défendre...

LAURETTE.

Me défendre, et de quoi, je vous prie!...

FORTUNIO.

De quoi?... Jour de... Soyons calme!... On ne me trompe pas, moi, madame... Quand je vous épousai, il y a un an, je savais fort bien que je faisais une sottise...

LAURETTE:

Je vous remercie, monsieur...

FORTUNIO.

Vous étiez trop jeune et trop jolie... mais vous étiez si riche que je passai là-dessus!...

LAURETTE.

Vous fûtes bien bon, monsieur.

FORTUNIO.

Oui, madame, je fus bien bon, et depuis je n'ai pas cessé de l'être, et je veux le devenir encore davantage...

LAURETTE.

Est-ce possible?

FORTUNIO.

Le devoir d'un mari est d'entourer sa femme de soins et de prévenances. Et tenez... vous habitez là une chambre qui donne sur le jardin, n'est-ce pas?...

LAURETTE.

Oui, monsieur...

FORTUNIO.

C'est humide... et puis l'odeur des fleurs, des roses surtout... cela porte à la tête...

LAURETTE.

Oh! mon Dieu! les roses ne fleurissent qu'au printemps...

FORTUNIO.

Erreur, madame, erreur... la rose est comme l'amour... elle est de toutes les saisons.

LAURETTE.

Mais, enfin, que signifient toutes ces histoires, et l'air profond dont vous les dites?...

FORTUNIO.

Rien autre que ceci, madame, à savoir, que, pour parer à tous ces inconvénients, je ferai élever un grand mur devant vos fenêtres, qui vous protégera à la fois contre l'humidité et l'odeur enivrante des roses.

LAURETTE, avec impatience.

Oh! monsieur!... (Calme.) Cela vous coûtera bien cher, il me semble.

FORTUNIO.

Je ne regarderai pas à la dépense pour vous, mon cher ange.

LAURETTE.

Et puis, ne craignez-vous pas que cela soit bien laid.... un grand mur... nu.

FORTUNIO.

J'ornerai le haut de tessons de bouteilles... vous savez, de tessons qui miroitent au soleil, et de petites broussailles de fer disposées comme cela... C'est très-joli...

LAURETTE, avec colère.

Monsieur!... monsieur!...

Mais, en vérité, l'on dirait
Qu'avec cette sotte querelle
Vous voulez me mettre au regret
De vous avoir été fidèle.
Il ne faut pas m'exaspérer,
Je vous le dis avec franchise;
Car si j'ai fait une sottise,
Je puis toujours la réparer!
   Mon cher époux,
Prenez garde à vous !

II

Vraiment, vous êtes bien heureux
Que ma mère, la digne femme,
De ses principes vertueux
Ait de bonne heure orné mon âme !
Méfiez-vous de moi, pourtant;
Ce qu'à force de patience
On nous apprend dans notre enfance,
En un seul jour se désapprend !
   Mon cher époux,
Prenez garde à vous !

FORTUNIO.

Eh! corbleu, madame, que viennent faire les principes de madame votre mère, à propos d'un mur que je veux faire élever dans mon jardin?...

LAURETTE.

C'est juste... et je dis là des folies... Ne m'avez-vous pas offert votre bras pour aller chez ma cousine Madeleine?

FORTUNIO.

Je suis à vos ordres, madame...

LAURETTE.

Vous n'avez jamais été si aimable.

FORTUNIO.

Vous n'avez jamais été si charmante! (Ils s'éloignent.)

LAURETTE.

Savez-vous que ce sera très-joli, ce grand mur... avec les petits tessons au-dessus. Il me tarde de le voir.

FORTUNIO.

Jour de Dieu, madame!... Soyons calme... Oui, madame, je compte beaucoup sur les broussailles. (Ils sortent.)

SCÈNE III

GUILLAUME, LANDRY, VALENTIN, SATURNIN, SYLVAIN.
(Au moment où le couple sort, Guillaume paraît sur le perron.)

GUILLAUME.

Il est parti !

LANDRY, paraissant à son tour avec Guillaume et Saturnin.

Il est parti

TOUS.

Il est parti !

SATURNIN.

Nous voici libres, Dieu merci !
Au diable la littérature
Des procureurs et des huissiers !
La chicane et la procédure,
Et les exploits et les dossiers !

SYLVAIN.

Vive la joie et la paresse,
C'est le moment de festoyer !
Mon estomac est en détresse
Appelons notre cuisinier !

TOUS.

Appelons notre cuisinier !

SATURNIN.

Babet, Babet, chère Babet !

TOUS.

Babet, Babet, chère Babet !

SYLVAIN.

Accourez vite, s'il vous plaît !

TOUS.

Accourez vite, s'il vous plaît !

LANDRY.

Nous avons faim, nous avons faim !

TOUS.

Nous avons faim, nous avons faim !

SCÈNE IV

LES MÊMES, BABET, un panier au bras.

BABET.

Par mes fourneaux ! pourquoi ce train?

TOUS.

Nous avons faim, nous avons faim!

BABET.

Allons, ne criez pas si haut !
J'apporte là ce qu'il vous faut !

TOUS.

Nous avons faim, nous avons faim !

BABET.

Voici des pommes et du pain !

TOUS, croquant les pommes.

Du pain et des pommes,
C'est un vrai festin !
Et les gentilshommes
N'ont rien de plus fin!

SATURNIN.

Ah! les bonnes pommes!

SYLVAIN.

Le pain excellent !

SATURNIN.

Croquants que nous sommes,

SYLVAIN.

Croquons-les gaiment!

TOUS.

Du pain et des pommes,
C'est un vrai festin !
Et les gentilshommes
N'ont rien de plus fin !

VALENTIN.

Chère Babet, ce n'est pas tout;
Tu ne verses rien en mon verre ?

(Babet lui remplit son verre de l'eau contenue dans une cruche.)

Par économie et par goût
Voici le vin que je préfère !

I

Ma chère eau pure, on la méprise !
Doux trésor qui ne coûte rien !
Je préfère au vin qui nous grise
L'eau qui nous calme et nous soutient.
     Sa fraîcheur,
   Sans me donner l'ivresse,
   Répand la tendresse
     En mon cœur !

Verse, Babet, verse toujours,
La belle eau claire, mes amours !
   La belle eau claire
   De la rivière !
Verse, Babet, verse toujours !

TOUS,

Verse, Babet, verse toujours,
   Etc., etc.

II

Si l'eau coulait du haut des treilles,
Sous les ponts si le vin coulait,
C'est l'eau qu'on mettrait en bouteilles,
C'est le vin qu'on mépriserait !
     Mon nectar
  C'est l'eau pure ! et je laisse
   Le vin et l'ivresse
     Au vieillard !

Verse, Babet, verse toujours
La belle eau claire, mes amours !
La belle eau claire
De la rivière !
Verse, Babet, verse toujours !

TOUS.

Verse Babet, verse toujours.
Etc., etc.

LANDRY.

Tout cela est très-joli ! mais un petit doigt de vin de temps en temps ne gâterait rien.

BABET.

Taisez-vous, petit débauché !

GUILLAUME.

Landry a raison : le vin vieux a du bon. Il est vrai que nous ne sommes pas comme Valentin des êtres poétiques, vivant de rêverie et de mélancolie.

VALENTIN.

Que veux-tu dire ?

GUILLAUME.

Je veux dire, mon pauvre camarade, que tu nous montres, depuis six mois bientôt, la mine ténébreuse d'un amoureux transi. Tu ne parles plus, tu ne ris plus, tu n'es plus de nos parties du dimanche... Voyons, combien y a-t-il de temps que tu n'as brisé une lanterne ou dévissé un marteau de porte à minuit, en rentrant par les rues ?

VALENTIN.

Cela ne m'amuse plus...

GUILLAUME.

Ça devrait t'amuser : ce sont plaisirs de ton âge... Mais veux-tu que je te dise ton fait ?... tu as le cœur pris, tu aimes et tu n'es pas aimé...

VALENTIN.

Moi?

GUILLAUME.

Toi ! Valentin, t,i,n, tin !...

VALENTIN.

Tu ne sais pas ce que tu dis !...

LANDRY.

Oh ! que si ! Guillaume a raison ! Et si tu es sage, Valentin, tu te guériras de cette maladie-là...

BABET.

Et s'il ne veut pas guérir !... s'il est heureux d'être malheureux, ce garçon !

GUILLAUME.

Ah ! mes enfants ! que voilà bien la femme qui aime !

SATURNIN.

La femme dévorée par une grande passion !

BABET.

Moi ? que me chantez-vous là ?

GUILLAUME.

Ne te dessèches-tu pas d'amour pour notre petit clerc?

BABET.

Pour Friquet ? ce pauvre Friquet ! Un enfant ! quinze ans à peine.

LANDRY.

Gourmande !...

BABET.

Je le protége parce qu'il est faible, voilà tout !

GUILLAUME.

Et lui, il t'aime parce que tu es forte !... voilà !

BABET.

Peut-on dire?... oh ! les vauriens !... rien n'est sacré pour eux !

LANDRY.

Taisez-vous, grosse débauchée ! mais où est-il donc, à propos, ton Friquet ?

GUILLAUME.

Il est parti ce matin avec cinquante-cinq lettres à porter...

SATURNIN.

Eh ! le voici qui revient... Babet, contiens-toi.

BABET, dignement.

Je n'ai qu'une réponse à faire à vos calomnies ! Je retourne à mes fourneaux !...

LANDRY.

Il saura bien t'y relancer !

(Babet sort.)

SCÈNE V

LES MÊMES, FRIQUET, moins BABET.

TOUS.

Voici Friquet !

I

FRIQUET.

C'est moi qui suis le petit clerc !
Bon pied, bon œil, jambe de fer.
Je me promène,
Je me démène,

Je vais par sauts et par gambades
Porter à destination
Les billets doux des camar... ies
Et les actes de mon patron.
Je signifie,
Je notifie,
Le nez au vent, le pied en l'air !
C'est moi qui suis le petit clerc !

II

C'est moi qui suis le petit clerc !
Mon existence est un enfer !
On me taquine,
On me chagrine !
On abuse de ma jeunesse
Parce qu'on me voit tout mignon,
Mais ma force est dans ma faiblesse,
Et comme au fond je suis très-bon,
Moi je m'en fiche ; .
A chaque niche
Je ne réponds qu'en prenant l'air !
C'est moi qui suis le petit clerc !

GUILLAUME.

Eh bien ! Friquet, et ma réponse ?

TOUS, moins Valentin.

Et la mienne ! et la mienne ?

FRIQUET.

Procédons par ordre ! Toi, Guillaume, Fanchon t'attend ce soir aux Porcherons ! Pour toi, Saturnin, un billet de Suzon.

LANDRY.

Et moi ?

SYLVAIN.

Et moi ?

FRIQUET.

Toi ! je n'ai rien pour toi. J'ai rencontré Toinon sur le terre-plain du Pont-Neuf. Landry ? ai-je fait... Voici ma réponse, m a-

t-elle dit, et elle m'a montré un magnifique sergent aux gardes fran-
çaises, qu'elle tenait sous le bras !... Bel homme, ma foi ! des mous-
taches ! et sept pieds ! Est-on heureux d'être grand comme ça !

LANDRY.

Ah ! la traîtresse !

GUILLAUME.

Est-ce tout ?

FRIQUET.

Oh ! que nenni ! J'ai fait une grande découverte !

TOUS.

Une grande découverte !

FRIQUET.

Une découverte qui va peut-être changer pour nous la face du
globe. J'ai appris que le patron qui nous impose maintenant avec
son air grave et sa perruque solennelle, n'est qu'un vieux farceur.
Il a eu une jeunesse de pacha dévergondé. On vient de me conter
une histoire...

TOUS.

Qui ? qui ? qui ?...

FRIQUET.

Quelqu'un qui la savait.

LANDRY.

Raconte, raconte vite.

FRIQUET.

Voici... Il était second clerc chez maître André, son prédécesseur,
qui avait pour femme une certaine dame Jacqueline... Eh bien...

TOUS.

Eh bien, quoi ?

FRIQUET.

Eh bien... oui ! et si vous saviez par quel moyen il en est venu à
ses fins

TOUS.

Parle...

FRIQUET.

A l'aide d'une chanson !!!.

GUILLAUME.

Une chanson ?

VALENTIN.

Une chanson ?

FRIQUET.

Oui ! une chanson qu'il avait composée et qui prenait tous les cœurs, si bien qu'après dame Jacqueline ç'a été comme une procession de victimes.

SATURNIN.

Tiens ! tiens ! tiens !

LANDRY.

Mais il n'était pas si maladroit, le patron.

GUILLAUME.

Oh ! si l'on pouvait la retrouver, sa chanson.

FRIQUET.

Il n'y faut pas songer. Depuis qu'il est marié, il ne la chante plus ! et il était seul à la savoir.

SATURNIN.

Oui, mais qu'il s'avise de nous dire encore : Oh ! les jeunes gens d'aujourd'hui !

GUILLAUME.

Ils ne respectent rien, ni le foyer domestique, ni le sein des familles...

SYLVAIN.

Nous lui répondrons en chœur :

FRIQUET.

Et votre chanson, maître Fortunio !

LANDRY.

Et dame Jacqueline !

TOUS.

Et maître André !

SATURNIN.

Et à défaut de sa chanson, nous lui chanterons la nôtre !

TOUS.

Oui ! oui !

!

GUILLAUME.

Notre patron possédait de la voix
Autrefois !

TOUS.

Autrefois !

GUILLAUME.

Auprès du sexe il chantait à tû-tête !
Autrefois !

TOUS.

Autrefois !

GUILLAUME.

Notre patron, dont la bouche est muette
Aujourd'hui !

TOUS.

Aujourd'hui !

GUILLAUME.

Prétend que tout se taise autour de lui,
Aujourd'hui !

TOUS.

Aujourd'hui !

II

SATURNIN.

Notre patron se grisa mainte fois
Autrefois !

TOUS.

Autrefois !

SATURNIN.

Son estomac supportait la goguette
Autrefois !

TOUS.

Autrefois !

SYLVAIN.

Notre patron, forcé de faire diète,
Aujourd'hui !

TOUS.

Aujourd'hui !

SYLVAIN.

Prétend qu'ici, tout jeûre autour do lui
Aujourd'hui !

TOUS.

Aujourd'hui !

III

LANDRY.

Notre patron avait un fier minois
Autrefois !

TOUS.

Autrefois !

LANDRY.

Sa chevelure était fine et coquette
Autrefois !

TOUS.

Autrefois !

LANDRY.

Notre patron n'a plus rien sur la tête
Aujourd'hui !

TOUS.

Aujourd'hui !

LANDRY.

Il veut que tout soit chauve autour de lui
Aujourd hui !

TOUS,

Aujourd'hui !

IV

FRIQUET.

Notre patron fut mince, je le crois,
Autrefois !

TOUS.

Autrefois !

FRIQUET.

Il n'avait pas le menton dans le ventre
Autrefois !

TOUS.

Autrefois !

FRIQUET.

Notre patron tout tassé sur son centre
Aujourd'hui !

TOUS.

Aujourd'hui !

FRIQUET.

Ne veut pas qu'on grandisse autour de lui
Aujourd'hui !

TOUS.

Aujourd'hui !

LANDRY.

Mais, en attendant, rentrons à l'étude, car le patron va revenir,
et s'il nous trouvait ici...

TOUS.

Oui, rentrons.

GUILLAUME.

Tu ne viens pas, Friquet ?

FRIQUET.

Non, j'ai encore à courir.

SCÈNE VI

FRIQUET, VALENTIN.

(valentin est resté assis et n'a pas pris part à la conversation.

FRIQUET, venant à lui.

Voyons, Valentin, à quoi penses-tu là ?

VALENTIN.

Je pense à cette chanson qui fait aimer.

FRIQUET, le ramenant vivement sur le devant de la scène.

Ah çà, est-ce que tu crois que cela va durer longtemps comme
cela ?

VALENTIN.

Quoi ?

FRIQUET.

Tu as un secret, Valentin, tu as un secret pour moi. Tu n'as pas confiance en ton Friquet. C'est probablement parce que je suis petit; mais tu as tort, tu devrais tout me dire. Je suis ton meilleur ami, et je te donnerais peut-être un bon conseil.

VALENTIN.

Je n'ai pas de secret.

FRIQUET.

Tu en as un qui t'étouffe et que j'ai deviné.

VALENTIN.

Cela n'est pas vrai; tais-toi. (Voyant entrer Laurette.) Ah! mon Dieu!...

FRIQUET.

Eh bien! qu'est-ce qu'il a donc? il se trouve mal!

SCÈNE VII

LES MÊMES, LAURETTE.

LAURETTE, à elle-même.

Ah! le méchant homme! Ma cousine Madeleine a raison!... je suis bien sotte!... mais qu'il prenne garde!—Ah! bonjour, Friquet, savez-vous si maître Fortunio est rentré?

FRIQUET.

Non, madame, pas encore.

LAURETTE.

Bonjour, monsieur Valentin! Comme vous êtes pâle! seriez-vous malade?

VALENTIN, tout tremblant.

Non, madame. (Laurette en ôtant sa mante laisse tomber le mouchoir qu'elle tient à la main. Valentin, le ramassant et le lui rendant après l'avoir embrassé à la dérobée :) Madame...

LAURETTE, se retournant.

Qu'est-ce ?

VALENTIN.

Votre éventail.

LAURETTE.

Mais ce n'est pas un éventail, c'est... (Souriant.) Ah ! ah ! merci,
monsieur Valentin, et au revoir.

SCÈNE VIII

LES MÊMES, moins LAURETTE.

FRIQUET.

Nieras-tu maintenant ? Ah ! tu prends des mouchoirs pour des
éventails ?

VALENTIN.

Eh bien ! oui, je l'aime, et comme un fou.

I

Je l'aime !
Oui, tu lisais bien dans mon cœur,
Je l'aime !
C'est mon supplice et mon bonheur !
Mais je chéris ma douleur même...
Je l'aime !

II

Je t'aime !
Et tu ne lis rien sur mon front !
Je t'aime !
Mes pleurs, un jour te le diront,
Ce mot qui seul est un poëme :
Je t'aime

FRIQUET.

Eh bien! le lui as-tu dit?

VALENTIN.

Je ne le lui dirai jamais, parce que je n'oserai pas, parce qu'elle
ne m'écouterait pas, et j'en mourrai.

FRIQUET.

Veux-tu bien te taire et chasser ces idées-là. Ah ! pauvre Valentin ! Je suis bien petit, vois-tu, mais je les connais déjà les femmes.
Oh! j'ai vécu, moi! oh ! j'ai aimé, moi!

VALENTIN.

Toi?

FRIQUET.

Oui, et trois femmes! dans la même journée.—Une duchesse d'abord!
belle... belle! avec des robes de satin broché qui froufroutaient... et
des parfums qui vous montaient au cerveau... et un hôtel qui fai-
sait le tour de la rue... Un matin je lui porte un acte à signer;
elle était seule, je me jette à ses pieds et je lui dis : je vous aime!
Elle m'a fait flanquer à la porte par un grand laquais tout en or.
Vois-tu, Friquet, ai-je pensé, les grandes dames ça n'est pas ton
affaire. J'avais remarqué, au coin de notre rue, une jolie petite hor-
logère, j'entre dans sa boutique, et je lui dis : Madame, je viens
faire remettre un verre à ma montre.—Il n'est pas cassé, me répond-
elle.—Non, mais je vous aime. Cette fois, j'ai été reflanqué à la
porte par le mari, un brutal, qui était dans l'arrière-boutique. Je re-
venais donc ici bien triste, quand je rencontre Babet, notre cuisinière.
Je la trouve très-appétissante; je me précipite dans sa cuisine et je
lui dis : Tant pis, Babet, je t'aime! Brave fille, celle-là! Elle n'a
appelé personne. Elle m'a flanqué à la porte elle-même... ou plutôt
elle m'y a balayé!... Voilà les femmes!!!

VALENTIN.

Pauvre garçon!

FRIQUET.

Vois-tu, il n'y a qu'une chose au monde, le travail; ça abrutit,
mais cela occupe. Il y a bien les livres, mais je n'aime pas les livres,
je ne trouve pas ça assez naturel; cependant ça endort. Allons, travail-
lons, veux-tu commencer ici même, à l'instant? Le patron est sorti,
nous serons mieux qu'à l'étude?

VALENTIN.

Je le veux bien, si cela te fait plaisir

FRIQUET.

Ça me rendra même service. Maître Fortunio m'a donné à dé-
pouiller tout un vieux dossier de maître André, son prédécesseur, et
je me perds dans toutes ces paperasses. Prends donc !

VALENTIN.

Donne !

FRIQUET.

Collationnons !

VALENTIN.

Collationnons.

VALENTIN.

Par-devant maître André, notaire,
Et maître Bernard, son confrère,
Le premier du mois de juillet
De l'an mil sept cent trente-sept,
Les parc et château de Coutances,
Avec toutes leurs dépendances,
Ont été cédés et vendus
Moyennant trois cent mille écus...

FRIQUET.

Suit le détail que l'on va lire.

VALENTIN, tournant la page.

« Si vous croyez que je vais dire... »

FRIQUET.

Trois bâtiments !

VALENTIN.

« Je ne saurais pour un empire... »

FRIQUET.

Cinq cents arpents !

VALENTIN.

« Nous allons chanter... »

FRIQUET.

Hein ? que dis-tu là ?

VALENTIN.

Je dis ce que je lis, oui-da !

FRIQUET.

C'est une erreur. Va !

VALENTIN.

Oui, je reprends !
                            (Il tourne la page.)
                    « Si vous croyez que je vais dire... »
Mais au lieu d'un acte de vente
        C'est une chanson
        Qui paraît charmante.

FRIQUET.

        Si c'était la chanson
                Du patron !
        Si c'était son brouillon !

VALENTIN.

        Écoute-la donc.

    « Si vous croyez que je vais dire
        » Qui j'ose aimer,
    » Je ne saurais pour un empire
        » Vous la nommer ! »

FRIQUET.

    C'est elle, la chose est certaine ;
            Ah ! la bonne aubaine !
    Holà ! Landry ! Guillaume ! Saturnin !
        Vite, descendez au jardin !

SCÈNE IX

Les Mêmes, LES CLERCS.

LES CLERCS

Qu'est-ce donc ? Que nous veut-on ?

FRIQUET.

Vivat ! on a retrouvé la chanson
Du patron.

TOUS.

Est-ce possible ?

FRIQUET.

La voici !
Que chacun la copie ici !

Friquet leur distribue des plumes et de l'encre, et chacun la copie autour
de la table.)

I

VALENTIN.

Salut ! chanson magique,
Qui sais charmer !
Refrain cabalistique,
Qui fais aimer !

Joli brouillon
De la chanson
Du patron !

TOUS.

C'est le brouillon
De la chanson
Du patron !

II

VALENTIN.

Courage, amis, courage!
A cet air-là,
Le cœur le plus sauvage
S'attendrira !

Joli brouillon
De la chanson
Du patron !

TOUS.

Joli brouillon
De la chanson
Du patron !

ENSEMBLE.

Toutes les femmes sont à nous,
Nous les verrons à nos genous,
Nous câlinant,
Nous mijotant,
Nous dorlotant,
Nous demandant,
Nous conjurant,
Nous suppliant
De les aimer fidèlement !

SATURNIN.

Courons bien vite à ma Fanchon

SYLVAIN.

Courons bien vite à ma Suzon.

TOUS.

Courons réciter la chanson
Du bon patron !

GUILLAUME.

Courons bien vite à Louison,

LANDRY.

Courons bien vite à Madelon.

TOUS.

Courons réciter la chanson
Du bon patron !

FRIQUET.

Moi, c'est près de Babet, mes amis, que je vais
Tenter ma douce épreuve et mes premiers essais !

TOUS.

Toutes les femmes sont à nous,
Nous les verrons à nos genoux,
Nous câlinant,
Nous dorlotant,
Nous adorant,
Nous demandant,
Nous conjurant,
Nous suppliant
De les aimer fidèlement !

(Fortunio arrive à la fin de l'ensemble. — Les clercs s'enfuient. Fortunio
va droit à Valentin.)

SCÈNE X

VALENTIN, FORTUNIO.

FORTUNIO.

Ah! mes petits drôles!... C'est ainsi qu'on travaille ! (A Friquet,
qui n'est pas encore sorti.) Croyez-vous que je vous paye pour rester
au jardin ? (Friquet se sauve en marmottant des excuses. — A Valentin.)
Restez... monsieur Valentin!... (A part.) On ne m'ôtera pas de la
tête qu'il est l'auteur des bouquets et le dessinateur des pas noc-
turnes. (Haut.) Restez ici, et approchez.

VALENTIN.

Me voici, monsieur.

FORTUNIO.

Regardez-moi bien en face.

VALENTIN.

Moi, monsieur ?

FORTUNIO.

Pardieu! ce n'est pas à mon bonnet que je parle.

VALENTIN, à part.

Est-ce qu'il se douterait... Je tremble comme un voleur. Je ne lui ai pourtant rien volé jusqu'ici.

FORTUNIO, à part.

Je me souviens que, lorsque maître André me regardait en face, il me passait des brouillards devant les yeux. Voyons s'il a des brouillards. (Haut.) Eh bien?

VALENTIN.

Eh bien! monsieur, je vous regarde.

FORTUNIO.

Et pourquoi me regardez-vous?

VALENTIN.

Mais, monsieur, c'est vous qui m'avez dit...

FORTUNIO.

Je le sais bien. (A part.) Pas le moindre tressaillement. Ce petit bonhomme est bien fort. (Haut.) Monsieur Valentin!

VALENTIN.

Monsieur Fortunio?

FORTUNIO.

Montrez-moi vos escarpins. (Valentin fait mine de s'en aller.) Vous me comprenez fort bien : montrez-moi vos escarpins! (Il regarde les souliers de Valentin.)

VALENTIN, à part.

Je suis perdu!

FORTUNIO, à part.

C'est pourtant bien la mesure... (Haut.) Monsieur Valentin! croyez-vous à l'immortalité de l'âme?

VALENTIN.

Oh! oui, monsieur!

FORTUNIO.

Eh bien ! vous savez alors que les crimes dont vous ne serez pas
puni pendant votre vie, vous les expierez après votre mort.

VALENTIN.

Des crimes ! (A part.) Ah! mon Dieu ! il sait tout ! (Haut.) Que
voulez-vous dire ?

FORTUNIO.

Rien de plus !... Monsieur Valentin, la jeunesse est audacieuse,
mais la maturité est clairvoyante... A bon entendeur, salut! Allez.
(Valentin va pour sortir. — Le rappelant.) Ah ! monsieur Valentin ?

VALENTIN.

Monsieur?

FORTUNIO.

La maturité est clairvoyante, pensez-y... (A part.) Ce petit bonhomme est plus fort que moi !... (Haut.) Pensez-y ! (Il sort.)

SCÈNE XI

VALENTIN, puis FRIQUET, avec un air piteux et une casserole sur
la tête.

VALENTIN.

Pensez-y !... pensez-y !... Comme il m'a dit cela !... il sait
tout ! le patron. Ah! Friquet! Il a tout découvert. Il va me chasser,
et je ne la verrai plus, je ne pourrai plus lui parler !...

FRIQUET, pleurant.

Ça n'est pas un grand malheur, va !

VALENTIN.

Que dis-tu?

FRIQUET, montrant la casserole qu'il a sur la tête.

Tiens, regarde...

VALENTIN, montrant la casserole.

Qu'est-ce que c'est que ça ?

FRIQUET.

Ça ? C'est tout ce que j'ai pu obtenir de Babet, en usant du fameux talisman que nous croyions avoir découvert !... Cinq fois de suite, j'ai entonné avec tout ce que j'ai pu trouver de larmes dans ma voix le fameux chant d'amour du patron... Bernique ! c'était comme si je chantais... Enfin, à la sixième reprise, Babet, l'œil en feu, se retourne vers moi, je la crois électrisée ; elle prend cette casserolle qui chantait sur le feu, — nous chantions tous les deux !... — et elle me la plante sur la tête en me disant : « Je m'en moque pas mal du nom de celle que vous aimez ! allez donc faire vos confidences ailleurs !... »

VALENTIN.

Comment ! mais cela est impossible, Friquet ! Le talisman ?... le talisman ?

FRIQUET.

Valentin, je le crois éventé !

VALENTIN.

C'est égal, je veux avoir du courage !... je veux me déclarer.

FRIQUET.

Y songes-tu ?

VALENTIN.

Si c'est un talisman, je le verrai bien !

FRIQUET.

Dame, essaye à ton tour, mais que comptes-tu faire ?

VALENTIN.

Il faut que je reste seul ici avec madame Laurette. Friquet, tu vas éloigner le patron.

FRIQUET.

Et par quel moyen ? bon Dieu !

VALENTIN, pleurant.

Cela te regarde ; mais il le faut, mon bon Friquet, mon cher Friquet, mon petit Friquet.

FRIQUET, pleurant.

Il me fend l'âme. Oui, je vais éloigner le patron. Laisse-moi, et tu vas voir comment je vais éloigner le patron. C'est une question d'art... il n'y en a peut-être pas un comme moi pour éloigner un patron.

VALENTIN.

Je peux compter sur toi?

FRIQUET.

Oui, mais ne te montre pas.

VALENTIN.

Pendant ce temps-là, je vais étudier mon talisman. (Il sort.)

SCÈNE XII

FRIQUET, puis FORTUNIO et LAURETTE.

FRIQUET met ses cheveux en désordre, déboutonne son habit, et va carillonner à la cloche de la grille.

A l'aide ! à l'aide ! au secours ! au secours ! maître Fortunio ! venez vite !... (Entrent Fortunio et Laurette.)

FORTUNIO.

Eh ! mon Dieu ? qu'y a-t-il ?

FRIQUET.

Au secours ! au secours !

LAURETTE.

Mais qu'avez-vous donc ?

FRIQUET.

Maître Fortunio !... où est maître Fortunio !

FORTUNIO.

Mais je suis là.

FRIQUET.

Je le vois bien !... Au secours! au secours !...

FORTUNIO.

Encore une fois! qu'y a-t-il?

FRIQUET.

Ah ! monsieur ! c'est vous !... Le feu ! le feu !...

FORTUNIO.

Le feu est à la maison !

FRIQUET.

Non, monsieur, mais au Châtelet.

FORTUNIO ET LAURETTE.

Au Châtelet?

FRIQUET.

Oui, ça brûle... ça brûle, tout ça brûle! La salle du greffe est en
flammes ! Testaments, contrats, actes de ventes, tout flambe! tout
flambe ! c'est la ruine du notariat !

FORTUNIO.

O ciel !

FRIQUET.

Votre place est là-bas ! Le syndic vous demande. Je l'ai vu. Il
était au milieu des flammes, il était superbe !

FORTUNIO.

Ce pauvre syndic ! au milieu des flammes, lui qui a dîné ici il y
a huit jours !

FRIQUET.

Dès qu'il m'a aperçu : ramenez maître Fortunio, s'est-il écrié, il
n'y a que lui qui puisse nous sauver.

FORTUNIO.

J'y cours ! Tous les clercs sont-ils sortis?

FRIQUET.

Oui, monsieur, ils sont tous au feu !

FORTUNIO.

Madame, je vais courir un grand danger, souffrez qu'en ce moment solennel... (Il va pour l'embrasser.)

FRIQUET, en riant.

Au feu! au feu !

FORTUNIO, à Friquet.

Je sors! je te confie ma femme! J'ai toujours eu confiance en toi! J'augmenterai les émoluments ! Madame, en ce moment solennel, souffrez... (Il va pour embrasser Laurette.)

FRIQUET.

Au feu ! au feu !

FORTUNIO.

Je pars! madame, je vous confie mon clerc! J'ai toujours eu confiance en vous ! Je pars! mais je vous enferme! Pauvre syndic ! (Il sort et ferme la grille. Laurette remonte. Friquet se met à rire, puis il va chercher Valentin dans le bosquet et le pousse du côté de Laurette en disant :)

FRIQUET.

Allons! poltron ! moi, je vais faire une septième tentative auprès de Babet. (Il sort.)

SCÈNE XIII

LAURETTE, VALENTIN.

LAURETTE.

Ah ! mon Dieu ! pourvu que... quel événement (Apercevant Valentin qui est rentré.)Vous ici, monsieur Valentin !

VALENTIN, tremblant.

Cela vous fâche, madame?

LAURETTE.

Nullement, mais je vous croyais avec vos camarades.

VALENTIN.

Je vais partir, si vous l'exigez.

LAURETTE.

Mais, restez si cela vous plaît. D'ailleurs, comment sortiriez-vous ? nous sommes enfermés.

VALENTIN, à part.

Oh! je n'oserai jamais. (Il fait un mouvement comme pour se retirer.)

LAURETTE.

Vous rentrez, vous allez travailler?

VALENTIN.

Vous me l'ordonnez.

LAURETTE.

Mais je n'ai pas d'ordre à vous donner. Singulier enfant! Vous avez l'air agité, monsieur Valentin, vous êtes pâle, et je remarque que depuis quelque temps vous paraissez triste.

VALENTIN.

Oh ! je le suis, madame.

LAURETTE.

Est-ce un chagrin sérieux ?... Il n'en est pas à votre âge... Vous ne me répondez pas... Ah ! je devine !...

VALENTIN, à part.

Elle a compris... je suis perdu !

LAURETTE.

Un gros chagrin d'amoureux ! Est-ce bien cela ?...

VALENTIN.

Je ne sais pas, madame.

LAURETTE.

Pourquoi vous en défendre ? ce n'est pas un crime... tenez, pour tromper les ennuis de notre captivité, voulez-vous me conter votre petit roman ? Je vous donnerai peut-être un bon conseil, venez-vous asseoir près de moi...

VALENTIN, à part.

Allons, du courage, il faut parler. (Haut.) Oui, madame ! vous êtes bien bonne.

LAURETTE.

Allons, venez là, près de moi !

VALENTIN, à part.

A ses côtés !... Je meurs d'effroi !

LAURETTE.

Asseyez-vous donc ! les secrets,
Cela se conte de tout près !

VALENTIN.

Oui... de tout près !
                    (A part.)
                              Quand ça se conte !
Mais jamais je... Maudite honte !

ENSEMBLE.

VALENTIN.

Mon Dieu qu'elle est belle !
Je me sens trembler !
Seul ici, près d'elle,
Et ne pas parler !

LAURETTE.

Au nom de sa belle
Je le vois trembler !
Voyons comment d'elle
Il va me parler !

LAURETTE.

Eh bien ! Est-elle brune ou blonde ?

VALENTIN.

Elle a les plus beaux yeux du monde !

LAURETTE.

Certainement ! mais leur couleur ?

VALENTIN.

C'est la couleur... des vôtres !
                              (A part.)
                              Que j'ai peur !

LAURETTE.

C'est galant... Et vous aime-t-elle ?

VALENTIN.

Comment m'aimerait-elle, hélas !
Lorsque de ma peine cruelle
    Je ne lui parle pas!

LAURETTE.

    Vous ne lui parlez pas
    De votre amour ?

VALENTIN, avec un gros soupir.

            Hélas !

LAURETTE.

Pourtant, si vous en restez là,
Qu'adviendra-t-il de tout cela ?

VALENTIN.

Quand j'aurai souffert et pleuré,
Il adviendra que je mourrai !

ENSEMBLE.

LAURETTE.

    Quoi ! devant sa belle
    Il n'ose parler !
    Et son temps près d'elle
    Se passe à trembler.

VALENTIN.

    Mon Dieu ! qu'elle est belle !
    Je me sens trembler !
    Seul ici, près d'elle,
    Et ne pas parler !

LAURETTE.

De celle qui vous est si chère,
Pouvez-vous me dire le nom ?

VALENTIN.

Son nom ?

LAURETTE.

    Je saurai le taire.
Est-ce une grisette ?

VALENTIN.

            Non ! non !

LAURETTE.

Une comtesse ?

VALENTIN.

Non ! non !

LAURETTE.

Une duchesse ?
Une princesse ?

VALENTIN.

Non ! cent fois non ! mille fois non !

LAURETIE.

Parlez donc ! Vous ne voulez pas ?

VALENTIN.

Je ne le puis, hélas !
(A part.)
Cette chanson, ce talisman,
Dernier espoir d'un pauvre amant !

» Si vous croyez que je vais dire
      » Qui j'ose aimer !
» Je ne saurais, pour un empire,
      » Vous la nommer !

» Nous allons chanter à la ronde,
      » Si vous voulez,
» Que je l'adore, et qu'elle est blonde
      » Comme les blés.

» Je fais ce que sa fantaisie
      » Veut m'ordonner,
» Et je puis, s'il lui faut ma vie,
      » La lui donner.

» Du mal qu'une amour ignorée
      » Nous fait souffrir,
» J'en porte l'âme déchirée
      » Jusqu'à mourir.

» Mais j'aime trop pour que je die
      » Qui j'ose aimer,
» Et je veux mourir pour ma mie
      » Sans la nommer ! »

LAURETTE.

Oh! comme il l'aime, le pauvre enfant!
Et que son amour est touchant!

ENSEMBLE.

VALENTIN.

Oui, j'aime trop pour que je die
   Qui j'ose aimer !
Et je veux mourir pour ma mie
   Sans la nommer !

LAURETTE.

Ah ! que l'ingrate est bien chérie !
   Il sait aimer,
Celui qui mourrait pour sa mie
   Sans la nommer !

LAURETTE.

Mais elle ne voit donc pas combien vous l'aimez ?

VALENTIN.

Hélas! non, madame.. elle ne le voit pas! (A part.) Elle n'a pas compris ! le talisman a perdu sa vertu !... Oh ! lâche ! lâche ! qui donc parlera pour toi ?...

SCÈNE XIV

LES MÊMES, MAITRE FORTUNIO.

FORTUNIO, en dehors de la grille.

C'est moi !

VALENTIN et LAURETTE.

Maître Fortunio !

FORTUNIO, sonne à tour de bras.

Que vois-je ! mon second clerc avec ma femme! Babet! ma clef! Ah ! la voici! (Il entre.) Restez, monsieur !

LAURETTE.

Eh bien, mon ami, et ce feu?

FORTUNIO.

Le feu! madame! le feu n'était pas au Châtelet, vous le savez bien; c'est ici qu'il était, le feu! On a voulu m'éloigner! et vous étiez du complot.

LAURETTE.

Moi, monsieur?

FORTUNIO.

Oui, vous, madame! vous désiriez rester seule avec ce jeune homme qui est brun et qui vous aime.

LAURETTE.

Lui m'aimer!

VALENTIN, à part.

Et c'est lui qui le lui apprend.

FORTUNIO.

On ne me trompe pas moi, madame! avouez donc tout! vous croyez que je ne sais pas qui transporte mes plates-bandes sur vos fenêtres, qui piétine, la nuit, dans les allées ratissées le soir par moi, qui barcarolle au clair de la lune sous votre balcon. Tenez, madame, tenez, voici ses traces, elles parlent d'elles-mêmes, je ne leur fais rien dire!

LAURETTE, à part.

Lui! c'était lui!

VALENTIN, à part.

Mon Dieu! elle ne paraît pas irritée!

FORTUNIO.

Ah! vous voilà penaud, monsieur le larron d'honneur! est ce que vous me prenez pour un maître André? croyez vous que je sois un de ces maris qu'on dupe? A d'autres! vous n'êtes pas assez dissimulé!... Ah! vous étiez triste, inquiet... vous n'alliez plus au bal le dimanche avec vos camarades, plus d'appétit, plus de cœur aux grisettes.

VALENTIN, à part.

Va toujours!

FORTUNIO.

Et vous croyiez que cela ne me donnerait pas l'éveil? mais voici la fin de vos débordements et je vous chasse.

LAURETTE, à part.

Pauvre enfant! Celle dont il parlait, c'était moi?

VALENTIN, à part.

Comme elle me regarde! Brave patron!... je n'aurais jamais osé lui dire tout cela.

FORTUNIO.

Vous êtes encore là? sortez! je vous chasse! Et vous, madame, vous me direz....

SCÈNE XV

Les Mêmes, TOUS LES CLERCS.

GUILLAUME paraît au fond, tenant sous le bras une grisette.

Si vous croyez que je vais dire
Qui j'ose aimer !...

FORTUNIO, parlant sur le chant.

Hein! les oreilles me cornent! Cet air! d'où sort-il?

LANDRY à droite, même jeu.

Je ne saurais, pour un empire,
Vous la nommer !...

FORTUNIO.

Ma chanson!... mon Dieu! mon passé qui se dresse devant moi !...

SATURNIN à gauche, même jeu.

Du mal qu'une amour ignorée...

SYLVAIN, même jeu à droite.

Nous fait souffrir !...

FORTUNIO.

Deux ! trois ! tous mes clercs avec des femmes ! Elle en fait de belles, ma chanson ! Arrière ! fantômes de ma jeunesse !...

FRIQUET, au fond avec Babet.

J'en porte l'âme déchirée
Jusqu'à mourir !

FORTUNIO, courant à Friquet.

Tous ! tous ! jusqu'à Friquet !... Ah ! misérable, tu payeras pour eux ! serpent, où as-tu trouvé cette chanson ? Ah ! tu m'as envoyé au Châtelet ! Il n'était pas dans le feu, le syndic, je l'ai trouvé dans le bain ! Va-t'en ! va-t'en ! je t'étranglerais !... Non ! je te livre à la maréchaussée ! (Il le repousse violemment. Furieux.) Où est ma femme ! Babet ! où est ma femme ? qui m'a pris ma femme ?

LAURETTE.

Mais, me voici, mon ami !

FORTUNIO.

Madame, je vous chasse ! Non, rentrez, rentrez dans votre appartement ! (Aux clercs.) Et vous, misérables, je vous chasse tous !

(Les clercs se mettent à rire et poursuivent Fortunio, qui remonte au pavillon. Ils chantent à tue-tête, ainsi que les grisettes.)

CHŒUR.

Mais j'aime trop pour que je die
Qui j'ose aimer !...

(Au même moment Laurette, qui a paru au balcon, détache une rose du bouquet, et la laisse tomber aux pieds de Valentin.)

FRIQUET, qui a vu le mouvement, à Babet.

Babet ! Valentin a trouvé sa Jacqueline ! Et moi ?

BABET, lui frappant sur la joue.

Taisez-vous, Fortunio ! (Friquet tombe à genoux.)

VALENTIN, au milieu du théâtre.

Notre patron possédait de la voix
Autrefois !

TOUS.

Autrefois !

VALENTIN.

Auprès du sexe il chantait à tû-tête
Autrefois !

TOUS.

Autrefois !

VALENTIN.

Notre patron dont la bouche est muette
Aujourd'hui !

TOUS.

Aujourd'hui !

VALENTIN.

Prétend que tout se taise autour de lui
Aujourd'hui !

TOUS.

Aujourd'hui !

(Les clercs tombent aux genoux des grisettes. Fortunio paraît
au balcon, fait rentrer sa femme et menace les clercs. —
Tableau. — Le rideau baisse.)

76188

FIN.